AF501785

LA MORT D'HERCULE,

TRAGEDIE,

REPRE'SENTE'E POUR LA PRE'MIERE FOIS PAR L'ACADEMIE ROYALE DE MUSIQUE,

Sous le titre d'ALCIDE,

Le d'Avril 1693.

Remise au Theatre le 23. Juin 1705.

A PARIS,

Chez CHRISTOPHE BALLARD, ſeul Imprimeur du Roy pour la Muſique, ruë S. Jean de Beauvais, au Mont-Parnaſſe.

M. DCC. V.

Avec Privilege de Sa Majeſté.

LE PRIX EST DE TRENTE SOLS.

BIBLIOTHEQUE ROYALE

Yf 2282

PERSONNAGES
DU PROLOGUE.

TRoupe de Guerriers & de divers Peuples.
UN GUERRIER. Monsieur le Sage.
LA VICTOIRE, Mademoiselle Dujardin.
TROUPE de Peuples heureux.
UN HABITANT des Climats heureux. Mr. Dun.
TROUPE de Bergers & de Bergeres.
PREMIERE BERGERE. Mademoiselle Vincent.
DEUXIE'ME BERGERE. Mademoiselle Aubert.
TROUPE de Pastres.
UN PASTRE. Monsieur le Bel.

Noms des Actrices & des Acteurs chantants dans tous les Chœurs du Prologue, & de la Tragedie.

MESDEMOISELLES.

Cénet.	Basset.	Dujardin.	Cochereau.
Dupeyré.	Vincent.	Poussin.	Basset-Cadet.
Duval.	Loignon.	Daubigny.	Aubert.

MESSIEURS.

Prunier.	La Coste.	Desvoys.	Lebel.
Courteil.	Cadot.	Mantienne.	Le Sage.
Solé.	Jolain.	Alexandre-L.	Boutelou-fils.
Renard.	Bertrand.	Alexandre-C.	Perere.
Fournier.			

DIVERTISSEMENT
du Prologue.

PEUPLES.

Messieurs Dumirail, Dumoulin le Jeune, Marcelle, & Javilier.

BERGERS.

Messieurs Blondy, Ferrand, Dangeville-L., & Dangeville-C.

BERGERES.

Mesdemoiselles Dangeville, Bassecour, Morancour, & Lecomte.

UN PASTRE.

Monsieur Dumoulin-C.

UNE PASTOURELLE.

Mademoiselle Provost.

PROLOGUE

PROLOGUE.

Le Theatre represente le Temple de la VICTOIRE.

CHOEUR DE GUERRIERS, & de divers Peuples.

Vous, qui dispensez la Gloire!
Déesse des Heros, éclatante Victoire,
Accordez-nous vôtre secours.
Helas! nous fuirez-vous toûjours?

UN GUERRIER.

En vain la fureur qui nous guide
Nous arme tous contre un Roy fortuné:
Malgré tous nos efforts ce Monarque intrepide
De vos Lauriers est toûjours couronné.

PROLOGUE.

LE CHOEUR.

Accordez-nous vôtre secours.
Helas! nous fuirez-vous toûjours?

UN GUERRIER.

La Déesse descend, implorons sa puissance,
Et par nos chants celebrons sa presence.

LE CHOEUR.

Accordez-nous vôtre secours.
Helas! nous fuirez-vous toûjours.

LA VICTOIRE.

Peuples, n'esperez pas que vôtre destin change,
Il ne m'est pas permis de m'attacher à vous.
L'invincible Heros dont vous estes jaloux
Malgré moy, quand il veut, à sa suite me rang.
En vain à ses projets je voudrois m'opposer,
Sa prudence me force à les favoriser.

UN GUERRIER.

N'emporterons-nous rien qu'une rage inutile?

LA VICTOIRE.

Allez, quittez ce Temple, où vos vœux em-
pressez
Ne seront jamais exaucez.

PROLOGUE.

LE CHOEUR.

O Dieux! où pourrons-nous trouver un ſur azile?

LA VICTOIRE ſeule.

Habitans des climats heureux
Qui du plus grand des Roys forment le riche empire,
Venez vous occuper des plaiſirs & des jeux,
Qu'un parfait bonheur vous inſpire.

La Victoire s'en va.

Troupe de Peuples heureux de Bergers, de Bergeres, & de Paſtres.

UN HABITANT DES CLIMATS HEUREUX.

De tous nos ennemis la fureur & les armes
Ne nous font point ſentir d'alarmes;
Nous ne craignons point leur projets.
Nous pourrions ignorer qu'ils ont rompu la Paix,
Si pour celebrer nos conquêtes
Nous n'étions obligez de preparer des fêtes.

UNE BERGERE.

L'Amour fuit l'horreur de la Guerre
Qui luy ravit ſes charmes les plus doux.
Mars l'a chaſſé du reſte de la Terre,
Il s'eſt retiré parmy-nous.

PROLOGUE.

LE CHOEUR.

L'Amour fuit l'horreur de la Guerre
Qui luy ravit ses charmes les plus doux.
Mars l'a chassé du reste de la Terre,
Il s'est retiré parmy-nous.

UNE BERGERE.

Dans nos retraites paisibles
Il établit son Empire & sa Cour.
Il y blesse chaque jour
Les cœurs les plus insensibles,
Et sa presence rend ces lieux
Mille fois plus charmans que le séjour des Dieux.

UN PASTRE.

Nous joüissons au milieu de la Guerre
Des biens d'une profonde Paix.
Cerés pour nous prodigue ses bien-faits,
Les plus riches moissons brillent sur nôtre terre.
Nous joüissons au milieu de la Guerre
Des biens d'une profonde Paix.

UN HABITANT DES CLIMATS HEUREUX.

Pour plaire à ce Vainqueur que la Gloire couronne,
Passons à de plus nobles jeux
Celebrons le repos que sa valeur nous donne,
Par quelque Spectacle pompeux.

PROLOGUE.

LE CHOEUR.

Pour plaire à ce Vainqueur que la Gloire couronne,
Passons à de plus nobles jeux
Celebrons le repos que sa valeur nous donne,
Par quelque Spectacle pompeux.

FIN DU PROLOGUE.

ACTEURS DE LA TRAGEDIE.

ERCULE, *ou* ALCIDE, *Fils de Jupiter, & d'Alcmene.* Monſieur Cochereau.

DE'JANIRE, *Reyne de Calidon, Epouſe d'Alcide.* Mademoiſelle Deſmâtins.

IOLE, *Fille d'Euritus, Roy d'Æcalie.* Melle Journelle.

PHILOCTETE, *Prince, amy d'Alcide.* Mr. Thevenard.

ÆGLE', *Princeſſe du ſang des Roys d'Æcalie.* Melle Armand.

LICAS, *Suivant d'Alcide.* Monſieur Hardoüin.

TROUPE de Suivants d'Alcide.

TROUPE de Peuples d'Æcalie.

DEUX HABITANTS. Mrs. Mantiene, & Boutelou-Fils.

L'AMOUR. Mademoiſelle Cochereau.

TROUPE de Zephirs, & de Nymphes.

UN ZEPHIRE. Monſieur Boutelou.

TROUPE de Preſtres.

UN PRESTRE. Monſieur Hardoüin.

THESTYLIS, *Fameuſe Enchantereſſe de la Theſſalie.* Mademoiſelle Dupeyré.

TROUPE d'Enchantereſſes de la Theſſalie.

La Scene eſt en Æcalie.

DIVERTISSEMENTS de la Tragedie.

PREMIER ACTE.

PEUPLES D'ÆCALIE.

Messieurs Germain, Dumoulin-L., Dangeville-L., & Dumoulin le Jeune.

Mesdemoiselles Dangeville, Morancour, Provost, & Caré.

SECOND ACTE.

ZEPHIRE.

Monsieur Balon.

FLORE.

Mademoiselle de Subligny.

SUITE DE ZEPHIRE.

Messieurs Germain, Dumoulin-L., Dumoulin-C., & Dumoulin le Jeune.

SUITE DE FLORE.

Mesdemoiselles Morancour, Provost, Caré, & Saligny.

TROISIE'ME ACTE.

MAGICIEN.

Monſieur Blondy.

VIEILLES SORCIERES.

Meſſieurs Dumoulin-C., Dumoulin le Jeune, Dangeville-L., & Dangeville-C.

JEUNES SORCIERES.

Meſſieurs Germain, Dumoulin-L., Marcelle, & Javilier.

QUATRIE'ME ACTE.

SUIVANTS D'ALCIDE.

Monſieur Balon.

Meſſieurs Germain, Dumoulin-L., Blondy, Ferrand, Dumirail, & Dumoulin le Jeune.

CINQUIE'ME ACTE.

PEUPLES D'ÆCALIE.

Meſſieurs Dumirail, Dumoulin le Jeune, Dangeville-L., Dangeville-C., Javillier, & Marcelle.

Meſdemoiſelles Morancour, Baſſecour, Provoſt, Caré, Saligny, & Lecomte.

LA

LA MORT D'HERCULE, TRAGEDIE.

ACTE PREMIER.

Le Theatre represente le Palais des Roys d'Æcalie.

SCENE PREMIERE.

IOLE seule.

QUEL doit être ton sort, Iole infortunée?
A quels pleurs és tu condamnée.
Esclave d'un Guerrier craint de tout l'Univers?
Alcide, de mes jours est l'arbitre suprême
Et l'éclat de mon Diademe
Est effacé par la honte des fers.

J'ay vû perir nos Chefs & ma famille entière,
J'ay tout perdu quand j'ay perdu mon pere
Je voy souffrir mes fidelles sujets,
Cependant au milieu de ces tristes objets,
Par une plus prompte deffaite
Je suis soûmise aux loix d'un plus puissant Vainqueur,
Et l'Amour a surpris mon cœur
Avec les traits de Philoctete.

Je dois le salut de mes jours
A l'ardeur dont ce Dieu m'anime,
Sans ce favorable secours
De mes douleurs j'eusse été la victime.

SCENE DEUXIE'ME.

IOLE, ÆGLE'.

ÆGLE'.

POur me cacher vos maux, fuyez-vous ma presence?
M'enviez-vous le bien de me plaindre avec vous?

IOLE.

L'amitié que le sang a fait naître entre nous,
En doit bannir un soupçon qui l'offence.

Chere Æglé, jusques à ce jour
Mon cœur pour vous fût toûjours sans mistere,
Vous sçavez mes malheurs, vous sçavez mon amour;
Quelle secret aurois-je à vous faire?

ÆGLE'.

La perte d'Euritus dont vous tenez le jour
Sous un joug étranger fait gemir l'Æcalie.

IOLE.

Ne verray-je jamais sa splendeur rétablie?
Ne verray-je jamais couronner mon amour?
Le Ciel permettra-t'il que le Prince que j'ayme
Maître enfin de son sort..... Mais le voicy luy-même.

SCENE TROISIE'ME.

IOLE, PHILOCTETE, ÆGLE'.

PHILOCTETE.

PRincesse, les destins se declarent pour nous.
Déjanire en ces lieux vient trouver son époux.
Le sang qui pour moy l'interesse
L'obligera de servir ma tendresse.
Alcide par ces soins propice à mes soûpirs,
Par un heureux Hymen comblera mes desirs,
Ce Heros vous rendra la Paix & vôtre Empire.

IOLE.

C'est à ce bien seul que j'aspire,
Moins pour tenir encor mes Peuples sous ma loy,
Que pour vous voir sur le trône avec moy.

PHILOCTETE.

Quel soin, quel important service
Peut m'acquitter jamais de ce que je vous doy?

IOLE.

Je ne veux pour tout ſacrifice
Qu'un tendre amour, qu'une conſtante foy.

PHILOCTETE.

Ah! croyez-en le ſerment que j'en fais
Mon ardeur eſt pure & fidelle
Et ne mourra jamais.

IOLE.

Non, rien ne peut éteindre déſormais
Une flâme ſi belle,
Elle eſt pure & fidelle,
Et ne mourra jamais.

IOLE & PHILOCTETE.

Non, rien ne peut éteindre déſormais
Une flâme ſi belle,
Elle eſt pure & fidelle,
Et ne mourra jamais.

SCENE QUATRIE'ME.

IOLE, ALCIDE, PHILOCTETE, ÆGLE', LICAS.

ALCIDE.

PRinceſſe, allez ordonner les aprêts d'une feſte
Qu'à l'honneur de Junon je prétens celebrer:
Ne perdez point de temps, allez tout preparer,
Tandis qu'un autre ſoin dans ce Palais m'arrête.

SCENE CINQUIE'ME.

IOLE, ALCIDE, ÆGLE', LICAS.

ALCIDE.

PRinceſſe, ma vengeance a fait couler vos pleurs,
Vôtre pere eſt tombé ſous l'effort de mes armes,
Je viens avec éclat reparer vos malheurs,
Et tarir pour jamais la ſource de vos larmes.
Regnez ſur vos Eſtats, & regnez ſur mon cœur,
L'Amour ſous vôtre Empire a mis vôtre vainqueur.

IOLE.

Ciel!

ALCIDE.

Vainement j'ay voulu me contraindre,
Ma douleur me force à me plaindre.

IOLE.

Que je ſens de trouble & d'effroy!
Helas! Seigneur, qu'attendez-vous de moy?
Songez-vous qui je ſuis? ſongez-vous qui vous eſtes?
Avez-vous oublié les pertes que j'ay faites?

ALCIDE.

Je m'en ſouviens ſans ceſſe, & par ce ſouvenir
Je m'irrite contre moy même.
De mes exploits je voudrois me punir,
Et je hais ma valeur ſuprême;
Mais banniſſons ces funeſtes objets.

Que les nœuds de l'hymen forment ceux de la Paix,
Que vôtre main ſoit le prix de ma flâme.

IOLE.

Ah! que prétendez vous? penſez-vous que mon ame
Se détermine à vôtre gré?

ALCIDE.

Alcide en vain n'a jamais ſoupiré,
Mes ſoins triompheront de vôtre indifference.
Cependant je veux qu'en ces lieux
Un parfait bonheur recommence:

En ma faveur le ſouverain des Dieux
Sur vos ſujets verſera l'abondance:
Leur repos déſormais me devient précieux,
Contre tout l'univers j'entreprens leur deffence.
Trop heureux de plaire à vos yeux,
En vous ſacrifiant mes jours & ma puiſſance!

Vous Peuples, que le droit des armes
A livrez aux horreurs de la captivité,
Venez, quittez vos fers, & joüiſſez des charmes
D'une nouvelle liberté.

SCENE SIXIE'ME.

IOLE, ÆGLE', Troupe de Peuples D'ÆCALIE.

CHOEUR des Peuples d'Æcalie.

Quittons nos fers & joüissons des charmes
D'une nouvelle liberté.

UN HABITANT D'ÆCALIE.

Le Fils du Dieu qui lance le tonnerre
Cesse aujourd'huy de nous faire la guerre,
Revenez doux Plaisirs, qu'il avoit écartez,
Iole vous redonne à cette heureuse terre,
En chargeant son Vainqueur des fers qu'elle a portez.

UN AUTRE, & LE CHOEUR.

Que leurs flâmes soient mutuelles,
Tout conspire à lier leurs cœurs,
Alcide est le Roy des Vainqueurs,
Iole est la Reyne des belles.

LE CHOEUR.

Chantons, chantons tous,
Amour, nôtre bonheur est l'effet de tes coups.

IOLE.

Joüissez des faveurs que vous fait la fortune,
Mais cachez à mes yeux vôtre joye importune:
Ses transports éclatants ne sçauroient me flatter,
Lorsque je pense au prix qu'elle me doit coûter.

SCENE SEPTIE'ME.

IOLE, ÆGLE'.

IOLE.

Que mes maux ont de violence !
Je pers pour jamais l'esperance
Qui n'entra qu'un moment dans mon cœur enflâmé.
Foible Cœur ! ce moment d'un espoir plein de charmes,
Sera payé par d'éternelles larmes !
Que tu serois heureux de n'avoir point aymé !

ÆGLE'.

Le Ciel devenu pitoyable
Peut encor changer vôtre sort.

IOLE.

Non je ne puis douter qu'il ne veüille ma mort,
Aprés tous les malheurs dont sa haine m'accable.

Mon destin s'explique aujourd'huy,
Je n'en vois l'horreur qu'avec crainte ;
Mais cherchons Philoctete, & goûtons sans contrainte,
La sensible douceur de pleurer avec luy.

FIN DU PREMIER ACTE.

ACTE SECOND.

Le Theatre represente les superbes Jardins d'EURITUS.

SCENE PREMIERE.

ALCIDE, PHILOCTETE.

ALCIDE.

*Voy! Déjanire est en ces lieux?*

PHILOCTETE.

Elle va paroître à vos yeux.
Son amoureuse impatience
N'a pu dans Calidon la souffrir plus long-temps.
Elle vient pleine d'esperance,
Payer vos exploits éclatants
Des plaisirs les plus doux qu'aprés une victoire
Dans le cœur d'un Heros l'Amour mêle à la gloire.

ALCIDE.

Que ce soin me confond & m'afflige en secret!
Je ne puis la voir qu'à regret,
Que luy diray-je, ô Ciel! Elle vient, je frissonne.

SCENE DEUXIEME.

ALCIDE, DE'JANIRE, PHILOCTETE.

DE'JANIRE.

ENfin, Seigneur, je vous revoy.
Par mon empressement je vous prouve ma foy.
Aux plus charmants transports mon ame s'abandonne,
Je me flâte... Mais Dieux! vous me glacez d'effroy,
Vos regards menaçants marque vôtre colere.
Qu'aurois-je fait, helas! qui puisse vous déplaire?

ALCIDE.

Vous avez quitté vos Etats
Qui demandent vôtre presence,
Vous venez malgré ma deffense.

DE'JANIRE.

C'est l'Amour qui conduit mes pas.
J'ay crû me pouvoir tout permettre,
J'ay negligé pour luy vos ordres absolus.
Depuis quand n'excuse t'il plus
Tous les crimes qu'il fait commettre.
Pardonnez à l'ardeur qui m'entraîne avec vous,
Un depart qui vous offense,
Ne me faites plus voir ce terrible courroux...

ALCIDE.

Etouffez-le par vôtre obeïssance,
Courez à Calidon, ne me resistez pas,
Allez-y maintenir mes loix & ma puissance.
Par vos soins, par vôtre presence
Des peuples mutinez réprimez l'insolence,
Et prevenez leurs attentats.
Partez, pressez ce retour necessaire,
C'est le seul moyen de me plaire.

SCENE TROISIEME.

DEJANIRE, PHILOCTETE.

DEJANIRE.

QU'ay-je oüy, Malheureuse? il me chasse, il me fuit,
C'est là de tant d'amour le déplorable fruit.
Alcide m'abandonne, ah Fortune cruelle!
Mes transports seront vains, mes desirs superflus?
Parlez Prince, parlez, ne vous contraignez plus,
Sa Captive à mes yeux le rend-elle infidelle?
Je l'ay sçû par un bruit confus.
Mais j'éloignois de moy cette triste nouvelle,
Et sans douter d'un cœur que j'ay trop merité
J'égalois sa constance à ma fidelité.
Apprenez-moy mon sort, devez-vous me le taire.

PHILOCTETE.

Cet amour n'est plus un mistere ;
Il m'est aussi fatal qu'à vous.
Helas ! Reyne, il détruit mon espoir le plus doux.
Iole me charmoit, & j'avois sçû luy plaire,
J'allois devenir son époux.

DEJANIRE.

Ah ! que vous me portez de redoutables coups !
C'en est donc fait, ma honte est déclarée,
Mes soins trahis, ma Rivale adorée.

Non, je ne puis souffrir ce cruel changement,
Une soudaine horreur de mon ame s'empare,
Et je deviens en un moment
Impitoyable & barbare.
Tremble perfide Epoux, & crain mon desespoir,
Déjanire en fureur ne connois plus Alcide,
Tremble, j'acheveray l'attentat le plus noir,
Je sens que desormais c'est Junon qui me guide.

Du jour de ta naissance elle a juré ta mort,
Les Monstres, les Tyrans suscitez par sa haine,
N'ont fait contre tes jours qu'un inutile effort,
Tu les as surmontez sans peine ;
Mais je sers son courroux, sa vengeance est certaine.

PHILOCTETE.

Quel projet osez-vous former?

DE'JANIRE.

Que dis-je, en effet, Miserable?
Tout ingrat qu'est Alcide, il est encore aimable;
Malgré les maux dont il m'accable
Je ne puis cesser de l'aimer.
Faut-il que cette ardeur luy devienne fatale?
Epargnons ses jours précieux;
Mais à mes feux trahis immolons ma Rivale,
Et lavons dans son sang le crime de ses yeux.

PHILOCTETE.

Quel est ce crime? justes Dieux!
N'est-elle pas assez infortunée
De perdre pour jamais ce qu'elle aime le mieux,
Sans qu'à perir encor elle soit condamnée.

DE'JANIRE.

Elle m'ôte le cœur du plus grand des Mortels.
Tout célébre à mes yeux sa beauté triomphante,
Elle me livre à des pleurs éternels,
Puis-je la trouver innocente?

PHILOCTETE.

Ah! par les nœuds qui m'attachent à vous,
Prenez des sentiments plus doux.

DE'JANIRE.

Dans le desespoir qui m'anime,
Puis-je avoir quelque égard aux plus sacrez liens.
Vengeons-nous seulement, cherchons-en les moyens,
Et choisissons le temps & la Victime.

Dans ces vastes Deserts, dans ces Bois ténébreux
Qui terminent la Thessalie,
Dans un Antre profond Thestylis establie,
Exerce de son Art les misteres affreux.
Elle excite les Vents, fait gronder le Tonnerre,
Les Astres à son gré descendent sur la Terre.
Ses charmes peuvent tout, il y faut recourir.
Je vais la consulter dans son Antre terrible,
Et par l'effort de son Art infaillible
Réparer mes malheurs, les vanger, ou mourir.

SCENE QUATRIEME

PHILOCTETE seul.

QUel Démon la conduit? que va t'elle entreprendre
Contre l'Objet de mon amour?
Chercheroit-elle à luy ravir le jour?
Dieux! est-ce le secours que j'en devois attendre!

SCENE CINQUIE'ME.

PHILOCTETE, IOLE, ÆGLE.

PHILOCTETE.

PRinceße, que je crains la jalouse fureur
Dont j'ay vû contre vous Déjanire agitée!

IOLE.

Que d'un soin plus cruel je suis inquietée.
Et que je sens pour vous une juste terreur!

PHILOCTETE.

La Reine à sa vengeance osera tout permettre,
Pour vous ravir le cœur de son Epoux.

IOLE.

D'Alcide méprisé que peut-on se promettre
S'il apprend que le mien ne brûle que pour vous?

PHILOCTETE.

Helas! vous perirez, vous serez la victime
D'un impitoyable transport.

IOLE.

Helas! vous perirez, c'est moy qui vous opprime,
Mon amour seul causera vôtre mort.

PHILOCTETE.

Ah! de tous les malheurs, c'est le malheur suprême
De trembler pour ce qu'on aime.

PHILOCTETE, IOLE, & ÆGLE.

Ah! de tous les malheurs, c'est le malheur suprême
De trembler pour ce qu'on aime.

PHILOCTETE & IOLE.

Tombent sur moy du sort les plus funestes coups!
Je ne crains que pour vous.

PHILOCTETE.

Si je vous perds, que m'importe la vie?
Aux traits de mon Rival mon cœur ira s'offrir.
Je rendray grace à sa barbare envie;
Mon bonheur sera de mourir.

IOLE.

Si vous mourez, pourray-je vous survivre?
Mon bonheur sera de vous suivre.

PHILOCTETE.

Amour, que tes loix sont cruelles!
N'es-tu point touché de nos pleurs?
Tu nous connois fidelles,
Et tu causes tous nos malheurs.

IOLE.

Il faut renoncer à te suivre,
C'est une erreur de t'adorer;
Plus un sensible cœur à ton pouvoir se livre,
Plus tu te plais à le desesperer.

Mais quelle nouvelle lumiere
Se répand dans ces lieux, & brille dans les airs?

PHILOCTETE

PHILOCTETE.

Que j'entens de charmants concerts !

IOLE.

Malgré mon desespoir ils ont l'art de me plaire.

PHILOCTETE.

L'Amour descend des Cieux dans le char de sa Mere.

SCENE SIXIE'ME.

PHILOCTETE, IOLE, ÆGLE'.
L'AMOUR dans le Char de VENUS.

L'AMOUR.

Ne vous plaignez plus de l'Amour,
Il veut pour vous, signaler sa puissance ;
Il peut vous rendre heureux peut-être dés ce jour,
Vous devez sur sa foy reprendre l'esperance.
Vous, qui dans vos ardeurs goûtez mille plaisirs,
Aimable Cour de Flore, agréables Zephirs,
Et vous Nymphes des fleurs qui la suivez sans cesse,
Venez de ces Amants ranimer la tendresse
Par vos chants, & par vos soûpirs,
Calmez leur tristesse,
Flatez leurs desirs.

SCENE SEPTIE'ME.

PHILOCTETE, IOLE, & ÆGLE.
Troupe de ZEPHIRS, & de NYMPHES.

LE CHOEUR.

L'Amour s'interesse pour vous,
Esperez, vôtre sort ne peut être que doux.

UN ZEPHIR.

Qu'on connoît peu l'Amour quand on le croit terrible!
Il n'a rien qui doive allarmer,
Ses peines ont dequoy charmer
Une ame fidelle & sensible.

PHILOCTETE, & IOLE.

L'Amour s'interesse pour nous,
Esperons, nôtre sort ne peut être plus doux.

LE CHOEUR.

L'Amour s'interesse pour vous,
Esperez, vôtre sort ne peut être plus doux.

FIN DU SECOND ACTE.

ACTE TROISIEME.

Le Theatre repréſente l'Antre de THESTYLIS.

SCENE PREMIERE.

THESTYLIS ſeule.

MOn Art de tous les Arts eſt le plus précieux,
Il produit les plus grands miracles,
Par luy ma volonté ne trouve plus d'obſtacles.
Et ſon pouvoir m'égale aux Dieux:
Préparons aujourd'huy mes plus terribles armes,
Et redoublons la force de mes charmes;
Commençons, invoquons les ſombres Deïtez.

Mais par quelle audace indiſcrette,
Un Profane oſe-t'il à pas précipitez
Pénétrer dans cet Antre, & troubler ma retraite?

SCENE DEUXIE'ME.

DE'JANIRE, THESTYLIS.

THESTYLIS.

Ne craignez-vous point mon courroux?
O Ciel c'est l'Epouse d'Alcide!

DE'JANIRE.

Mon malheur me rend intrépide.
Puissante Thestylis, je n'espere qu'en vous.

THESTYLIS.

Reine, que puis-je pour vous plaire?
Faut-il par de nouveaux efforts
Des Astres les plus purs étouffer la lumiere?
Faut-il des Elements rompre tous les accords!
Faut-il de l'Univers changer la forme entiere?
Commandez, ne balancez pas,
J'obeïray sans resistance.

DE'JANIRE.

Je ne demande point, helas!
Ces effets de vôtre puissance;
Je ne veux employer vos charmes les plus forts,
Qu'à regagner le cœur d'un Epoux qui m'offense,
Qu'à luy faire sentir la honte & les remords
Qui sont dûs à son inconstance.

THESTYLIS.

Vainement je voudrois tenter
De vous rendre le cœur d'un Epoux infidelle,
Si vos yeux n'ont pû l'arrêter,
Cessez de vous flater
Qu'un charme étranger le rappelle.

DE'JANIRE.

Si vous ne pouvez rien, quel sort dois-je esperer?
Ciel! que je t'éprouve Barbare!
Ah! du moins par vôtre Art, il faut me délivrer
De l'Hymen qu'Alcide prépare:
Rompez-en les injustes nœuds,
Renversez leur pompe cruelle,
Accablez ces Amants de prodiges affreux,
Faites périr Iole, ou la rendez moins belle:
Si ma Rivale perd ses charmes
Mon destin peut changer un jour,
Mon Epoux sensible à mes larmes
Me redonnera son amour.

THESTYLIS.

Je vais pour calmer vôtre peine.
Employer de mon Art les plus puissants secrets.
Laissez-moy seule, allez, évitez des objets
Qui glaceroient vos sens d'une terreur soudaine.

DE'JANIRE.

Tous ces ménagements sont vains
Dans l'état où je suis réduite,
L'Hymen d'un Ingrat qui me quitte
Est le seul objet que je crains.

THESTYLIS.

Croyez-vous qu'il vous soit facile
De voir sans vous troubler tous mes enchantements?

DE'JANIRE.

S'ils peuvent finir mes tourments
Je les verray d'un œil tranquile.

THESTYLIS.

Puisque vous le voulez, je vais vous obeïr.
Soûtien de mon Art redoutable,
Esprits de qui la foy ne sçauroit me trahir,
Pretez-moy de vos soins le secours favorable;
Que le jour qui frappe nos yeux
N'ait plus qu'une lumiere sombre!
Mon Art misterieux
Demande le silence & l'ombre.

Venez, sortez de vos retraites,
Vous, que la Thessalie admire autant que moy,
De mes secrets profonds sçavantes Interprettes,
Venez en me servant, signaler vôtre foy,
Je vous en impose la loy.

SCENE TROISIE'ME.

DE'JANIRE, THESTYLIS, Troupe d'Enchanteresses de la Thessalie.

THESTYLIS.

SOulageons l'épouse d'Alcide.

LE CHOEUR.

Nous ignorons ses malheurs.

DE'JANIRE.

J'ayme un Perfide,
Jugez quelles sont mes douleurs.

LE CHOEUR.

Nous concevons vostre peine cruelle.

DE'JANIRE.

Calmez-la par vostre secours.

LE CHOEUR.

Cessez d'aymer un infidelle.

DE'JANIRE.

Malgré son changement, je l'aymeray toûjours.

LE CHOEUR.

Il est honteux d'avoir de la constance
Pour ceux qui nous osent trahir.

DE'JANIRE.

L'empire de mon cœur est-il en ma puissance?
L'Amour y regne seul, & s'y fait obeir.

LE CHOEUR.

Avec de grands efforts vous pouvez vous promettre
De le combattre & de le surmonter.

DE'JANIRE.

Ma peine est moindre à m'y soumettre,
Qu'elle ne le seroit à le vouloir dompter.

Soulagez mes tourments, mais laissez-moy ma flâme,
Elle seule peut m'animer :
Je cheris ses ardeurs, & je sens que mon ame
Aime encor mieux souffrir, que de cesser d'aimer.

THESTYLIS.

Par des chants, par des sacrifices,
Rendons-nous les Enfers propices.

LE CHOEUR

Par des chants, par des sacrifices,
Rendons-nous les Enfers propices.

THESTYLIS.

Divinitez des sombres bords,
Secondez nos efforts.

LE CHOEUR.

Divinitez des sombres bords,
Secondez nos efforts.

THESTYLIS.

THESTYLIS.

Nous implorons vôtre assistance
Par ce feu qui nous luit sur cet Autel sacré,
Par vôtre immortelle puissance,
Par vôtre nom terrible, & toûjours reveré.

Divinitez des sombres bords,
Secondez nos efforts.

LE CHOEUR.

Divinitez des sombres bords,
Secondez nos efforts.

THESTYLIS.

Reyne, écoute un secret que l'Enfer me déclare.
Tu rompras l'Hymen que tu crains
Et bien qu'Alcide le prépare,
Tous les aprets en seront vains.

Ne te souvient-il plus du voile inestimable.
Que Nessus expirant remit entre tes mains?
Du sang dont il est teint la vertu redoutable
Peut renverser les projets des Humains.

Fay seulement par ton adresse
Que ton Epoux le porte, & s'en pare un moment,
Et tu verras qu'un grand évenement
Luy ravira sa nouvelle Maîtresse.

Va, rien ne doit plus t'arrester.

DE'JANIRE.

Vous m'avez rendu l'esperance.
Je pars. Déja mes maux ont moins de violence.
Qu'il est doux en aimant, de se pouvoir flater!

FIN DU TROISIE'ME ACTE.

ACTE IV.

Le Theatre represente un Bois solitaire & agreable, La Mer est dans l'éloignement.

SCENE PREMIERE.

ALCIDE seul.

M*On amoureuse inquietude*
Me fait chercher ces bois charmans,
Dont l'agreable solitude
Flate les peines des Amans.

Que ces reduits solitaires & sombres
Conviennent bien à l'état de mon cœur !
Que le silence, & l'épaisseur des ombres
Sont propres à nourrir ma secrette langueur !

Quel transport me saisit, & qu'est-ce que je sens?
Ah! que le bruit des flots qui frapent ce rivage,
Que les oyseaux de ce boccage
Ont de charmes puissans
Pour calmer les ennuis, pour enchanter les sens!
Que de leurs voix la douceur me soulage!
Que j'ayme leurs divins accens!
Je vais les écouter sous ce tendre feüillage.

SCENE DEUXIE'ME.

PHILOCTETE seul.

Bien-tôt dans ce Bois écarté
Mes yeux verront la Beauté que j'adore;
Nous y pourrons en liberté
Parler des feux qu'Alcide ignore;
Grace au secours dont l'Amour m'a flatté,
Nous devons esperer encore.

Cher Objet que j'attens, ne paroîtrez-vous pas?
Si vous m'aimez, hâtez vos pas;
Je cede à mon impatience,
Je ne me connois plus dans le trouble où je suis,
J'ay besoin de vôtre présence
Pour resister à mes ennuis.

Elle vient, je la voy.

SCENE TROISIEME.

PHILOCTETE, IOLE, ÆGLE.

PHILOCTETE.

Mon aimable Princesse,
Que j'ay souffert loin de vos yeux!
Jugez qu'elle étoit ma tristesse,
Par le plaisir que j'ay de vous voir en ces lieux.

IOLE.

J'ay senty comme vous les peines de l'absence;
Elles m'ont coûté des soûpirs.
Je vous revoy, l'Amour m'en récompense,
Et je sens vos mêmes plaisirs.

PHILOCTETE.

Que cet aveu me plaît!

IOLE.

Je m'explique sans crainte;
Un veritable amour aime à se découvrir.

PHILOCTETE.

Le nôtre ne peut plus souffrir
Le mystere, ni la contrainte.

Profitons des heureux moments
Qu'un Rival injuste nous laisse,
Et renouvellons les serments
D'une inviolable tendresse.

IOLE.

Que le Ciel m'abandonne au plus cruel tourment,
Si toute mon envie,
N'est de finir ma vie,
En vous aimant !

PHILOCTETE & IOLE.

Que le Ciel m'abandonne au plus cruel tourment,
Si toute mon envie,
N'est de finir ma vie,
En vous aimant !

IOLE.

Redoublons s'il se peut nos ardeurs mutuelles.
Le pouvoir d'un Rival doit-il nous allarmer ?
Il ne peut nous ravir, si nous sçavons aimer,
La gloire de mourir fidelles.

PHILOCTETE.

Qu'avec plaisir je sens croître mes feux
Et que je m'aplaudis de vous avoir servie !
Quand il m'en coûteroit la vie
Ne serois-je pas trop heureux ?

IOLE.

Si vous estes content d'une tendresse extrême,
La mienne doit combler vos vœux.
On n'a jamais aimé si tendrement que j'aime.

PHILOCTETE & IOLE.

Redoublons s'il se peut nos ardeurs mutuelles.
Le pouvoir d'un Rival doit-il nous allarmer?
Il ne peut nous ravir, si nous sçavons aimer,
La gloire de mourir fidelles

SCENE QUATRIE'ME.

ALCIDE, IOLE, PHILOCTETE, ÆGLE.

ALCIDE.

Que vois-je?

IOLE.

Vous estes perdu.

PHILOCTETE.

Quel malheur!

ALCIDE.

J'ay tout entendu.
Tu m'oses donc trahir, sans craindre ma colere?

PHILOCTETE.

J'ayme, il est vray, je suis vostre Rival,
Et je ne veux plus vous le taire
Je sçay que cet aveu me doit estre fatal,
Que vous allez punir mon amour temeraire;
Mais je ne crains point le trepas.

ALCIDE.

N'en doute point Perfide, tu mourras.

IOLE.

Seigneur, que pretendez-vous faire?

ALCIDE.

En vous donnant à moy, desarmez ma colere,
Qu'avant la fin du jour vostre sort & le mien
Soient unis par l'Hymenée.

PHILOCTETE & IOLE.

Quoy, vous voulez!.....

ALCIDE.

Je n'écoûte plus rien.
Maistre de vostre destinée.
J'ordonne, allez, obeissez.

PHILOCTETE & IOLE.

Helas!

SCENE

SCENE CINQUIE'ME.

ALCIDE seul.

PAr cet Hymen pour eux plus redoutable
Que tous les traits par ma fureur lancez,
Je punis leur flâme coupable,
Et les soûpirs qu'ils ont poussez.
Mais prest de me lier d'une chaîne nouvelle,
Junon, m'est-il permis de m'adresser à vous?
Mortel, suis-je l'objet d'une haine immortelle?
Ne pourray-je à la fin flechir vostre courroux?

Vous Licas, & vous tous assemblez par mes soins,
De mes exploits Compagnons ou Témoins,
A la Reyne des Cieux élevez un trophée
Des dépoüilles de mes combats.

SCENE SIXIE'ME.

ALCIDE, LICAS, Troupe de suivans d'ALCIDE.

ALCIDE.

PUisse par mes respects sa colere étouffée
M'accorder le repos dont je ne joüis pas.

SCENE SEPTIE'ME.

LICAS, Troupe de suivans d'ALCIDE.

LICAS.

O Junon, recevez l'hommage
Du plus grand des Mortels,
Souffrez qu'il pare vos Autels
De ces marques de son courage.

LE CHOEUR.

O Junon, recevez l'hommage
Du plus grand des Mortels,
Souffrez qu'il pare vos Autels
De ces marques de son courage.

UN SUIVANT D'ALCIDE.

Alcide n'a que trop senty vostre vengeance,
A d'éternels malheurs faut-il le condamner?
Plus vous avez de puissance
Plus vous devez pardonner.

LE CHOEUR.

O Junon, recevez l'hommage
Du plus grand des Mortels,
Souffrez qu'il pare vos Autels
De ces marques de son courage.

SCENE HUITIE'ME.

DE'JANIRE, LICAS, Troupe de ſuivans d'ALCIDE.

DE'JANIRE.

FUyeZ loin de ces lieux, fuyez Troupe importune.
A la Reine des Cieux quels vœux adreſſez vous.
Sa fureur paſſe mon courroux,
Et noſtre querelle eſt commune.

Loin qu'à mon infidelle époux
Vous la rendieZ plus favorable;
Vous irritez encor ſa haine inexorable.
Ceſſez de la prier, tremblez & fuyeZ tous.

SCENE NEUVIE'ME.

DE'JANIRE seule.

CE trophée élevé fait éclater la gloire,
Du Heros que mes yeux n'ont pû me conserver.
Mais dans le mesme temps il offre à ma memoire,
Le sacrilege Hymen qu'il est prest d'achever.
Dieux protecteurs de la Foy conjugale,
Laisserez-vous triompher ma Rivale?
Dieux justes, Dieux puissans, je vous invoque tous:
Sur tout, c'est en toy que j'espere
Enfant redoutable à ta mere,
Et dont tout l'Univers craint la force & les coups.
On va porter ce voille à l'Ingrat que j'adore, *
Mais que pourroit sans toy tout le sang du Centaure
Et le pouvoir de Thestylis?

* Elle tient en ses mains le voile de Nessus.

Quoy qu'elle ait pû me dire, Amour, je tremble encore,
Et c'est ton secours que j'implore,
Tu soûmets Jupiter, soûmets encor son fils.

Ne prens pas un trait ordinaire
Pour dompter ce superbe cœur.
Choisis celuy dont tu blesses son pere
Quand tu veux estre son vainqueur.

FIN DU QUATRIE'ME ACTE.

ACTE V.

Le Theatre represente le Mont Æta.

SCENE PREMIERE.

DEJANIRE seule.

C'EST sur ce Mont sacré que l'infidelle
Alcide
Veut couronner sa tendresse perfide,
Et celebrer les nœuds d'un hymen criminel.
De tous costez le Peuple accourt à cette feste.
Les Prestres ont dressé l'Autel,
Le bucher va brûler, & la victime est preste.

Mon espoir seroit-il deceu?
Du voile de Nessus, quel effet dois-je attendre?
Par les mains de Licas mon époux l'a reçû.
Le porte-t'il en vain, & ne puis-je pretendre
Qu'il produira bien-tost le juste changement
Qui peut seul terminer ma honte & mon tourment.

SCENE DEUXIE'ME.

DE'JANIRE, Troupe de Prestres, & de leurs Ministres, Troupe de Peuples.

UN PRESTRE, & le Chœur.

Hymen favorise nos vœux.
Qu'Alcide sous tes loix soit à jamais heureux.

DE'JANIRE.

Dieux ! qu'est-ce que je viens d'entendre?

UN PRESTRE.

Hymen favorise nos vœux.

DE'JANIRE.

Mon infidelle en ces lieux va se rendre.

LE PRESTRE.

Qu'Alcide sous tes loix soit à jamais heureux.

DE'JANIRE.

Son infidelité ne trouve plus d'obstacle.
Evitons ce cruel spectacle.

SCENE TROISIE'ME.

Troupe de Prestres, de leurs Ministres, & de Peuples.

UN PRESTRE, & le Chœur.

Hymen favorise nos vœux.
Qu'Alcide sous tes loix soit à jamais heureux.

LE PRESTRE.

Tu peux seul terminer les maux dont il soupire,
Que tes faveurs previennent ses desirs.
Qu'il ne trouve dans ton empire
Que de beaux jours & des plaisirs.

LE CHOEUR.

Hymen favorise nos vœux.
Qu'Alcide sous tes loix soit à jamais heureux.

SCENE QUATRIE'ME.

PHILOCTETE, DE'JANIRE, Troupe de Prestres, de leurs Ministres, & de Peuples.

PHILOCTETE.

Finissez tous ces chants que l'allegresse inspire
Déplorez avec moy le plus grand des malheurs.

DE'JANIRE.

Prince, que voulez-vous me dire?

LE CHOEUR.

Quel est le sujet de vos pleurs?

PHILOCTETE.

Alcide va perir accablé de douleurs.

DE'JANIRE.

Dieux!

PHILOCTETE.

Ce Heros gemit d'un feu qui le consume.
Son sang empoisonné dans ses veines s'allume.
Le voile de Neßus, detestable ornement,
Attaché sur son corps, a produit son tourment.

DE'JANIRE & LE CHOEUR.

Helas!

PHILOCTETE.

Pour moy, bien que son injustice
Me ravit ce que j'ayme & preparât ma mort,
Je ne puis refuser des larmes à son sort
Et je fremis de son suplice.

Fuyez sa colere, & ses yeux.
Il me suit, il vient en ces lieux.

Déja par un effort de sa main meurtriere
Licas a perdu la lumiere,
Et lancé contre des Rochers,
Tout son corps reduit en poussiere
Au gré des vents a volé dans les airs.
Un pareil destin vous menace....

DE'JANIRE.

DE'JANIRE.

Je l'attendray comme une grace.
Aprés ce que j'ay fait je ne puis trop souffrir,
Et je ne cherche qu'à mourir.
Quoy! je fais les malheurs d'un Heros que j'adore,
De leur seul deffenseur je prive les vertus,
Je ranime l'espoir des Tirans abatus,
Miserable, & je vis encore.

Mourons, c'est le juste party
Qu'en l'état où je suis j'ay resolu de suivre.
Rompons de mon Hymen le nœud mal'assorty,
Et puisse mon époux du tombeau garanty
Dans un parfait bonheur regner & me survivre.

LE CHOEUR.

D'Alcide furieux évitez les aproches.

PHILOCTETE.

Je l'entens.

DE'JANIRE.

Je ne crains que ses mortels reproches.
Avant que de le voir livrons-nous au trepas.
Sans fer & sans poison j'en trouveray la route,
Mon desespoir ne me trompera pas.

Monarque des Enfers que le crime redoute,
Vous Ministres de ses Arrests,
Redoublez vos fureurs pour me rendre justice,
Et d'un commun accord choisissez un suplice
Dont la rigueur reponde à mes forfaits.
Ces Rochers à propos m'offrent un precipice
Qui me dérobe au jour, & comble mes souhaits. *

* Elle se precipite sous les Rochers.

SCENE CINQUIE'ME.

PHILOCTETE, Troupe de Prestres, de leurs Ministres, & de Peuples.

PHILOCTETE.

ELle meurt.

LE CHOEUR.

Son trépas prouve son innocence.

PHILOCTETE.

Quel destin! mais je vois Alcide qui s'avance.

SCENE SIXIE'ME.

ALCIDE, PHILOCTETE, IOLE, ÆGLE, Troupe de Prestres, de leurs Ministres, & de Peuples.

ALCIDE.

NE pourray-je trouver de remede à ma peine?
Maistre des Dieux, m'éconnoy-tu ton Fils?
Qui peut te rendre insensible à mes cris?
Songe à me secourir, où ma constance est vaine.

Voile fatal, Poison dont je suis devoré
Brûlerez-vous sans cesse un cœur desesperé?
Laissez-moy respirer . . . tout est sourd à mes plaintes
Helas! tout me trahit en ces cruels momens.
Et mes tourmens
Bien loin de s'affoiblir redoublent leurs atteintes.

Je n'en puis plus, ma force m'abandonne.

Que vois-je, ô Ciel! quels sont ces Monstres furieux?
Osent-ils paroistre à mes yeux?
Quoy donc leur presence m'étonne?
Purgeons-en l'Univers, ah Dieux?
Mes maux de ma raison me ravissent l'empire.
Je ne me connois plus, je pleure, je soupire.
Concevez s'il se peut, quelles sont mes douleurs,
Qui troublent mes esprits, & m'arrachent des pleurs.

IOLE.

Helas! que son sort m'épouvante!

PHILOCTETE.

Junon, n'estes-vous point contente?

ALCIDE.

O mort! je t'implore en ce jour
Ce n'est plus qu'aprés toy que mon ame soupire;
J'ay triomphé jadis de ton puissant empire,
Et tu triomphes à ton tour.
Mais avant mon trépas punissons Déjanire.
Sa colere a plus fait que tous mes ennemis.

PHILOCTETE.

Elle s'est punie elle-mesme
D'un crime que Nessus & le sort ont commis.

ALCIDE.

Nessus? ô Ciel! je touche à mon bonheur suprême,
Et voicy le grand jour que les Dieux m'ont promis.
Je ne crains plus ma peine extrême,
Mon destin desormais à moy seul est remis.
Il est temps de quitter ma dépoüille mortelle,
Mes travaux sont passez, & l'Olimpe m'apelle.
Tendres Amants que j'avois separez,
Qu'un Hymen charmant vous unisse,
Pardonnez à mon injustice
Les maux où je vous ay livrez.
Brisez le dernier nœud qui m'attache à la terre
Feux sacrez, détruisez ce que j'ay de mortel.
Toy, pour marquer ce jour à jamais solemnel,
Jupiter, sur ce Mont fais gronder ton tonnere. *

* Il se precipite dans le Bucher.

IOLE & PHILOCTETE.

Le Ciel enfin comble nos vœux.
Alcide est immortel, & nous sommes heureux.

FIN DU CINQUIE'ME ET DERNIER ACTE.

BIBLIOTHEQUE ROYALE I

PRIVILEGE GENERAL.

LOUIS PAR LA GRACE DE DIEU, ROY DE FRANCE ET DE NAVARRE; à nos amez & feaux Conseillers, les Gens tenant nos Cours de Parlement, Maîtres des Requêtes ordinaires de nôtre Hôtel, Grand Conseil, Prevôt de Paris, Baillifs, Senêchaux, leurs Lieutenants Civils, & à tous autres nos Justiciers qu'il appartiendra; SALUT: Nôtre bien amé le Sieur JEAN NICOLAS DE FRANCINI, l'un de nos Conseillers, Maître d'Hôtel ordinaire, interessé conjointement avec le Sieur HYACINTHE DE GAUREAULT Sieur DE DUMONT, l'un de nos Ecuyers ordinaires, & de nôtre tres-cher & bien amé Fils le Dauphin, au Privilege que nous leur avons accordé, pour l'Academie Royale de Musique, par nos Lettres Patentes du 30. Decembre 1698. Nous ayant fait remontrer qu'il desiroit donner au Public un RECUEIL GENERAL DES OPERA, REPRESENTEZ PAR L'ACADEMIE ROYALE DE MUSIQUE, DEPUIS SON ETABLISSEMENT, ET QUI SERONT REPRESENTEZ CY-APRE'S, s'il nous plaisoit luy accorder nos Lettres de Privilege sur ce necessaires, attendu les grandes dépenses qu'il convient faire, tant pour l'Impression que pour la Gravure en Taille-douce des Planches dont ce Livre sera orné. Nous avons permis & permettons par ces présentes audit S^r DE FRANCINI, de faire imprimer ledit RECUEIL par tel Imprimeur, & en telle forme, marge, caractere que bon luy semblera, en un ou plusieurs Volumes, conjointement ou separément, & de le faire vendre & distribuer dans tout nôtre Royaume, pendant le temps de six années consecutives, à compter du jour de la datte des présentes. FAISONS DEFENSES à tous Imprimeurs, Libraires, & à tous autres de quelque qualité & condition qu'ils puissent être, de contrefaire ledit RECUEIL en tout, ni en partie; ni même les Planches & Figures qui l'accompagnent, & d'en faire venir ni vendre d'impression étrangere, sans le consentement par écrit de l'Exposant, ou de ceux à qui il aura transporté son Droit, à peine de trois mille livres d'amende contre chacun des contrevenants; dont un tiers à l'Hôtel-Dieu de Paris, un tiers à l'Exposant, & l'autre au Dénonciateur, de confiscation des Exemplaires contrefaits, que nous voulons être saisies par tout où ils se trouveront, & de tous dépens, dommages & interests: à la charge que ces présentes seront registrées és Registres de la Communauté des Imprimeurs & Libraires de Paris, que l'impression desdits Opera, sera faite dans nôtre Royaume, & non ailleurs, & ce en bon Papier & en beau Caractere conformement aux Reglements de la Librairie, & qu'avant que de l'exposer en vente, il en sera mis deux Exemplaires dans nôtre Bibliotheque publique, un dans le Cabinet des Livres de nôtre Château du Louvre, & un dans celle de nôtre tres-cher & feal Chevalier Chancellier de France le Sieur Phelypeaux, Comte de Pontchartrain, Commandeur de nos Ordres; le tout à peine de nullité des présentes: du contenu desquelles, nous vous mandons & enjoignons de faire joüir l'Exposant, ou ses ayants cause pleinement & paisiblement, sans souffrir qu'il leur soit fait aucun trouble ou empéchement. VOULONS que la copie de ces présentes, qui sera imprimée, dans ledit Livre, soit tenuë pour bien & dûëment signifiée, & qu'aux copes collationnées, par l'un de nos amez & feaux Conseillers-Secretaires, foy soit ajoûtée comme à l'Original. COMMANDONS au premier nôtre Huissier ou Sergent sur ce requis, de faire pour l'exécution des présentes, tous Actes requis & necessaires, sans demander autre permission, nonobstant Clameur de Haro, Charte Normande, & Lettres à ce contraires: CAR tel est nôtre plaisir. DONNE' à Versailles le dixiéme jour de Juin, l'An de grace 1703. Et de nôtre Regne, le soixante-uniéme. Par le ROY, en son Conseil. Signé, LE COMTE, avec Paraphe, & scellé.

Ledit Sieur DE FRANCINI a fourny le present Privilege à *Christophe Ballard*, seul Imprimeur du Roy pour la Musique, pour en joüir en son lieu & place, suivant leurs conventions.

Registré sur le Livre de la Communauté des Imprimeurs & Libraires, conformément aux Reglements. A Paris le 11. Juin 1703. Signé TRABOUILLET, Syndic.

www.ingramcontent.com/pod-product-compliance
Ingram Content Group UK Ltd.
Pitfield, Milton Keynes, MK11 3LW, UK
UKHW021008220726
13924UKWH00002B/924

9 782019 944933